씨 뿌리는 계절

조용옥 시집

차 례

1부 | 씨 뿌리는 계절

시 詩 | 8
씨 뿌리는 계절 | 9
고향 길 | 10
쏟아지는 별 | 11
기다림 1 | 12
기다림 2 | 13
여름날 | 14
삼청동 三淸洞 | 15
정월 대보름 | 16
윈드미어 집 | 17
뫼속 전설 | 18
향수 | 19
교정에서 어느 날 | 21
초가집 하나 | 23
문턱 | 24
행복은 | 25
달빛 그리움 | 26
그리움 | 27

2부 | 어머니 늘 살아 계십니다

어머니 | 30
어머니 늘 살아 계십니다 | 31
발가락 | 32
새벽을 앓다 | 33
생니 뽑히던 날 | 34
세상에서 영원한 것 | 35
마음을 동이다 | 36
타인되어 오는 나 | 37
너 | 38
내 딸의 명품이 되어 | 39
그림자 | 40
송진 | 41
쪽배 | 42
만나서 산다는 것은 | 43
해 돋는 곳 | 44
불꽃처럼 | 45
새가 되어 창에 부딪치다 | 47
은총의 시간이 다하기 전에 | 48

3부 | 섬소리 산소리

느티나무 | 52
밴쿠버 빗속에서 | 53
록키산 | 54
구름 속의 록키산 | 55
섬소리 산소리 | 56
갈잎새의 노래 | 57
호수가 바다 같은 호숫가에서 | 58
캘리포니아 죠쉬아 (California Joshua) | 59
보오갠 공원 | 61
고목 | 62
남국의 오렌지 | 63
봄 | 64
밴쿠버 항구 | 65
오월 그 푸르름에 | 66
낙엽 태우던 가을날 | 67
본향으로 가는 세월 | 68
빗방울 | 69
애틀란타 달빛 아래 | 70

4부 | 눈물이 시냇물 같이

사랑	74
참사랑 1	75
참사랑 2	76
참사랑 3	77
사람의 속내	78
서정시	79
시인은	80
넘치는 강	81
먼 길 떠난 제자	82
숲 속의 잔바람	83
처음 꽃피운 나무처럼	84
사랑의 사람	85
사랑초	86
브런치	87
현대인	89
여름날 저녁	90
눈물	91
눈물이 시냇물 같이	92
해바라기 (영시)	95
악보	96
풀잎소리 (영시)	99
서평 (허형만)	101

1부

씨 뿌리는 계절

시 詩

말들이 살아서
머리에서 가슴으로
스며드는 꽃향기

씨 뿌리는 계절

오월 말 마지막 날이 되어야
안심하고 씨 뿌리는
알버타의 봄은
강 건너 불 보듯 무심히 지나간다

눈발 속에서
서리 속에서
봄 인양 나팔 불어대는
이 땅에 후다닥
찾아오는 유월의 여름

봄은 차분히 앉아 쉴 새도 없다

고향 길

1.5리터 병에 물을 받는다
물이 차오를 때마다
받힌 손을 움직이지 않으면
물병의 무게로 손 안에서 미끄러지고 만다

가시나무 타는 소리 들리는
옛적 시골 부엌 그리워
잠시 세상 끈 놓고
기한 전에 가려고
고향 가는 버스에 몸을 싣는다

보고 싶은 어릴 적 추억
닳아 헤진 바지 무릎처럼
고향집 그 집터에서
가시나무 타는 그을음
그 소리 다시 듣는다

개울물 흐르는 소리 묻어 나오며

쏟아지는 별

세상엔
사람을 옭아매려는
만든 말들이
수없이 떠다닌다

쏟아지는
하늘의 별 만큼이나

기다림 1

그대
기다리는 기다림으로
눈 높이 만큼 겨울이 깊어가는데

그대 발자국 기다리는
애닮은 마음 하나
눈 속에 떨어져
기다림의 늪이 된다

민들레 처럼 질긴 생의 여정에
기다림 소리 하나로
어느덧 눈은 녹고 있다

기다림 2

나무 둥지가 여름을
꽃 화분을 안고
단비를 기다립니다
우린 새 소리 들으며
우거진 나무 숲
진초록 잔치 속으로 달려갑니다

가뭄이 지나고
목마름이 힘에 겨워
그만,
순간의 소나기에도
눈물짓고 즐거워합니다

오늘은 여름 잔치 모두 담아
꽃 화분 인양
둥지 안에서 내 마음
고운 노을가로
여름을 노래합니다

여름날

푸른 잔디 둘러싼 여름 하늘
물감속에 흰구름 어우러져
정선된 아름다움으로 오면
너를 생각나게 했다

너의 눈물 본적 없지만
언젠가 한 번 쯤은
눈시울 뜨겁게
울며 지새는 밤 있었겠지

너의 서툰 말 하나가
서글프게 다가옴은
더운 여름날 정오 때 몰려온
따가운 햇볕 때문이겠지

약속도 없지만 눈물 속에
마음 맞추어
머언 하늘 뜬 구름 잡아본다

삼청동 三淸洞

살며시 어릴적 옛 봄 지나가며 삼청동 개여울에 맨발로 철벅거리며 놀던 철부지 시절 삼청동 추억의 세 가지 물 맑고 공기 맑고 마음 맑은 동네 마다 흐드러진 꽃 가지 늘어져 냇물 소리 커지며 아카시아 향기 향수처럼 퍼져 나가면 이른 여름 철 공원 약수터 쯤에 등물 쏟아 부어 "어이 시원타" 라고 소리치는 어른들 공원 약수는 그 시절 냉방 선풍기보다 더욱 성능 좋은 여름 문명이었다 꽃잎 따며 뛰놀던 삼청동 약수터 동심은 물소리 담아 맑은 눈이 된다 손바닥 오무려 송사리 잡던 단발머리 아이들 시린 발 말리며 나란히 바우 위에 앉아 햇볕에 그 을음도 잊는다 우린 꽃향기 속 누에 처럼 잊혀진 메아리 소리 듣는다

정월 대보름

새벽 겨울 보름달은
외로움 던지다가 질려서
차갑게 쏟아지고 있다
여명에 채 오지 않은
창백한 네 모습

또 하나의 슬프디 슬픈
본질이 혼탁해진 현실에
나도 되어보고 너도 되어보는

꺼져가는 모닥불에 잠긴
겨울밤 그믐달은
차라리 희망이 있다
새날을 시작하는 외로운 약속

윈드미어 집

눈 높이 만큼
겨울이 깊어가는
윈드미어 집

네 귀퉁이가 반듯한
개인용 비행기 만드는
엔지니어가 지은 집
나무숲이 둘러싸여
이사온 첫날은
잠에서 깨어나지 못했던 식구들
너무 맑은 공기에 취하여서

윈드미어 집 뒷뜰에
수북한 낙엽이 나뒹구는 계절
텅빈 우체함이
외로운 말을 건넨다

겨우내 눈 맞을
기다림에 익숙치 않을
새색시처럼

뫼속 전설

진통이 느껴지는
까아만 가을 밤에 들려온
깊은 골짜기
우리들의 얘기 엮은
전설의 냇물 소리

흐르다 아침되면
찬란한 햇살 머리에 이고
행상을 나서는
시골 아낙의 마음을 빈다

밤도 낮도 아닌 시간이
살아나
산속으로 달려간다

향수

고향 두고 떠난 길
어느덧 삼십년을 넘어서
밴쿠버 골목길 돌아
에드몬톤 십여년

헤아림도 되지 않는 삶
개나리 피던 봄날 마다
고향 그리는 마음으로
빗방울 맞으며 걷는다

동네 골목 마다
공원 길가에 흐드러지게 핀
고향 벚꽃 향연 새김질하며

나이 한살 가는 것
실감 조차 인 색 했 던
젊은 날의 실존

오늘은
추운 에드몬톤. 흰 눈이 정다워
오-랜 친구마냥 푸근함
하얗게 자라나고

깊은 산속. 해 묵은 소나무
등 뒤로 하고
뒷모습 가리워질 때 까지
배웅해 주는 정다운 사람
북적대는 내 고향
눈꽃 속에 파랑새 되어본다

교정에서 어느 날

잿빛의 겨울 하늘이 다가온다
교정의 고목들이 눈 아래 펼쳐지고
주어도 목적어도 없이 상념한다
비들기들의 울음 소리는
헤르만 주더만의 우수부인 되어
어느 낯선 산골짜기로 발걸음을 재촉한다

삶에 지친 저녁 뜨락에서
멀어져 가는 노을 빛을
기꺼운 마음으로 전송함은
자연에 역류말라는
어느 선배의 말처럼
물이 되고 싶어하는
이끼 끼지 않는
맑은 샘물이 되고 싶음이리라

진솔한 삶이 살아지려는지
의문 보다는 차라리
미완성의 생을 지내련다

잿빛 겨울 하늘이
춥지않은 것은
겸허한 마음과
지상에 사랑하는 것들로
타오르는 뜨거운 마음이
아직, 재가 되지 않은 탓이리라

초가집 하나

빗소리가 지붕 위에 내린다
온통 마음을 휘젓고 내리는 비
끝없이 적막하고 신선하여
잠시 충전되는 느낌이든다

퍼붓는 빗줄기
고함소리 되어 떠돌며
청계산 구비구비 돌아
초가집 하나 덮는다

못가본 시골길이
궁금하고 그리워
초가집 하나 그려본다

문턱

어느 늦가을
문턱을 넘어선
시인의 말은
떠나지 않는
메아리로 남는다

빛의 끝에 있는
어둠이 짙어가기에
마음의 뒤안길이
살며시 비치는데

숨은 진실 헤아리는
詩人이라지만
오늘은
사람의 향기 밟아버리는
시인이 끝내
그림자처럼 따라온다

행복은

행복을 묻는 나그네 되어
이 마을 저 마을
수려한 마을 꽃 내음 향기에 끌려
다가서니 오렌지 흰꽃 향기

우린 나무 밑둥 가지 되어
사랑하고 싶었지
윗 가지 되고 싶지 않았어
뿌리의 진액 받아
일년 하고도 몇 해를 지내고
자라서 처음 본
늘어진 윗 가지 사이를 지나

벗어난 오렌지 밭
길고 긴 여정 이끌고
삿갓 끈 여미는 나그네 닮아
천리 만리 길차림

한숨 지며 숨은 가지 찾는다
행복했던 청춘을 다 못 가져가며

달빛 그리움

몰려온 그리움이
파도처럼 밀려온다
작은 점들이 움직여 선을 만든다
하루의 조각과 햇빛의 조각을
담아 작은 방에 놓는다

보이는 인생
흘겨보는 햇빛이 눈 부시다
하루를 담아본다 무게도 달아본다
민들레 씨앗 타고
몰래 훔쳐본 생선 가게 안
비늘이 살아있다

내 작은 방에 달려온
삼십도 넘나들어 더워진 보름달이
그림자 드리우고

내일은 접고 싶은 그리움
달빛 흘러 오는 창문을 닫는다

그리움

접은 꽃잎
연꽃 핀 연못에
깊어가는 연정 담아
그리웁다 말 못하고
꽃잎 띄워 보내면

눈부시게
햇살 아래 돋아나
그리움 쏟아진다

2부

어머니 늘 살아 계십니다

어머니

어머니
늘 그리운 이름으로 남아
내가 그리워지는
어머니 되어
버선발로 걸어갑니다

어머니 영토를 벗어난
청춘도 지나가고

햇살 눈부신
돌아온 바닷가 그늘
파도 소리 재우며
잠이 듭니다

어머니
부를수록 그리운 어머니

어머니 늘 살아계십니다

무심결에 흘리는 한 마디의 말도
흘리지 않고 마음에 담아
실타래 풀듯이 곱게 풀어내어
다시 돌려주시는 어머니 마음

가진 것 중 좋은 것 틈틈이 꺼내어
짓눌린 힘든 시간에도
힘내어 달려가라 깃발 되어 주시는
어머니, 해 돋움 되어 사랑해주십니다

여름으로 늘 푸르게 살라고
눈꽃 피던 추운 날 축복하며
가신 어머니 늘 살아계십니다

딸의 이름이 생각나지 않아
애써 안타까운 웃음 지으신 그 날
가을 하늘이 유난히 해맑아
잃어버린 조각난 기억들 흘려보낸
그 하늘을 주워옵니다

어머니, 어린아이의 전부이신 어머니

발가락

새로 산 냉장고 앞 물 한 방울이
그만 주인을 넘어뜨리고
뚜껑 없는 발가락을 만들었다

날아가는 세월 속에
미운 오리 새끼 닮은
뚜껑 없는 발가락이 된 것은
특별한 날 시간 없다 서두름이
가져다 준 선물이었다

새벽을 앓다

일찍 일어나고 늦게 잔다
하루가 길어진다는 기쁨에

해가 중천에 뜨도록 앓아눕는
한 두 번의 연중행사가
어김없이 찾아 왔다

몸의 기관 하나하나가
따로 따로 살아서 소리 내는 게
쉼 없는 노동에 대한 반란이다
머리에서 빈 소리가 난다

존재의 의미를 인식하는
거룩한 순간이기도 한데
목에는 목도리 칭칭 감고
머리는 질끈 동여매고
이불 속에 파묻혀
제대로 한 번 몸살을 앓는다

무더운 여름 보내며
싸매주지 못한
마디마디가 쑤신다
살아있는 거룩함이
온 신경에 퍼진다

*거룩함 : 아픔의 승화

생니 뽑히던 날

이민 스무 해가 채 안되던 어느 날
열중하던 생업 잠시 내려놓고
제일 큰 광고란을 찾아
앓던 이 뽑으려고 찾은 치과

어렵고 힘들게 시간 내어 찾아간
그 치과는 광고의 치과 의사가 아닌
치과 의사를 가장한 기공사였다

수십 년 치과대학원장 친척 밑에서
보호 받던 고국에서의 안락함을
누가 질투라도 하고 있었는지
기공사의 작태는 가관이었다

X레이도 없이 대강
뽑아버린 생니
어금니 뽑히던 그날
하늘이 번개 속에 묻히고
뿌리 뽑히는 아픔이
이민자의 아련한 서러움처럼
바람에 서걱거린다

세상에 영원한 것

세상에 영원한 것을 찾아
삼천리 멀다 않고 찾았건만
단 하나도 죽음과 바꿀 수 없어
죽음이 세상의 끝이라면 영원은
더 더욱 존재하지 않는다.

허무의 여정이 오래 바뀌고
비인 무우 속처럼 허전할 때
세상이 줄 수 없는 위로
슬픈 영혼은 슬픔에 젖어

참 평안과 참 진리가 숨어 있는
깊이 깊이 묻혀 보이지 않는 뿌리를
땅 위에 캐 내어, 온 생을 걸고
진리 찾은 본향의 길
높다 않고 걸어가리

마음을 동이다

누워서 먼지를 턴다
마음의 먼지를
밖에서 날아온 것들은
잠시 떨어지려는데
안에서 솟아난 먼지
좀처럼 털리지 않는다

피도 흐르지 않는데
아파도 만져지지 않는 마음
동이려고 애쓰는 만큼
어둠이 내려 앉아
아픔에 스러지는 안개처럼
날개 달고 피어나 날아가렴

타인 되어 오는 나

가장 행복한 시간에 무얼하고 있을까 음악 듣기, 아니면 책 읽기? 죽음 너머 저 멀리 있는 것 보이지 않아 고민하던 돌아오지 않는 열 네살 희망보다 절망을 더 부둥켜 안은 채 철학 속에 나의 생각을 겨루며 형식 때문에 내용이 없어져 버리는 그 많은 현실이 주는 아픔에 삶을 포기하고픈 여린 말의 유혹에 슬픈 타인이 되어 붙박이 별처럼 영영 멈추고 싶은 때가 있었다 오늘도 낯설게 느껴지는 내게 행복한가 물어보는 또 하나의 너

너

네 말과 내 말이 섞여
완성되리라 믿었는데
말하기 위한 말이 아닌
내 참 말을
넌 알 수 없다고

말은 하면 할수록
빛바랜 보자기처럼
싱겁고, 또
의미를 잃는다나

가슴의 덩어리
거르지 못한 채
차라리
침묵으로 살겠다는 너

내 딸의 명품이 되어

너와 나는 늘 같은 생각이었지
돌며 돌아와도 우린 늘
같은 종착지에서 웃고 있었지

너를 사랑한 만큼 그 이상
명품이 되어 돌아온 나는
너의 사랑을 받는다

물려준 강가 그 어디메에
잃어버린 생명과
바다보다 넓은 땅
간구하며 찾은 홍보석

참, 너의 명품이 된 것은
세상에서 제일 잘한 일

* 명품 : 영생을 찾은 거듭난 인생을 뜻함

그림자

밟아지지 않는 내 그림자는
아무도 오지않는 눈내림의 밤에
백년 세월 느티나무 옆에 고이 묻어
어두움 지켜보리라

송진

민숭민숭 잘라버린 소나무 둥지에
아픈 진액 몽글몽글 솟을 때
아픔이 Rosin되어
바이올린 활에 심겨져
예술의 세계로 달린다

청춘의 목마름과
아름다운 시절 담아
감추어진 솔잎 향기
함께 울려퍼진다

쪽배

바다 위 정박선처럼
움직이지 않고 있을 때
잔잔한 물결 보내주셔서
흔들리는 달빛 보며
파도 타기 그리워하네

만나서 산다는 것은

한 사람과 또 한 사람이 만나서 산다는 것은 눈 내림 추위 속에서 꽃 피우는 수고와도 같아 쌓였던 눈이 녹아 얼어 붙고 또 녹아 얼어 붙어, 미끄럼틀보다 미끄러워 미끄러지는 발걸음이 휘청거리는 저녁 넓은 뜰에 모래 뿌리며 한결 가벼워진 걸음 뜨거운 녹차 한 잔 권하며 잠시,겨울속에서 벽난로의 타오르는 불길을 즐긴다. 한 장의 지는 꽃잎이 안타까와 떨어지는 꽃잎 하나에도 눈물과 살뜰한 정과 상처까지도 깊이 안고 살아 가노라면 눈보라 추위도 오는 봄 이기지 못해 꽃망울 색색으로 줄지어 물들어 간다 저무는 날에 끝내 아쉬움 삼키며

해 돋는 곳

아픈 곳은 잘 보이지 않는다. 더구나 웃음으로 포장되었을 때에는 마음 담아 만져보는 손에서 살아온 인생이 보이는데 거친 손에서 험한 일하는 모습이 더욱 따뜻하게 살아나는 손과 손의 부딪힘 더구나 해 돋는 아픔이 숨어있다 한들 보일까보냐 그리고 아무 말 없이 록키의 해지는 곳을 찾아 밤마다 헤매어도 보이지 않는 그 해지는 곳을 두고 얼마나 멀리 왔는지 한숨지며 다친 손 싸매어줄 이 없는 바닥의 긴 능선 타고 어디까지 왔는지 끝이 보이지 않아서 길이 보이지 않아서 지는 해 안고 저물어간다 영혼의 눈 비둘기 오묘한 보랏빛 깃털의 바다같은 응시로 깊어간다

불꽃처럼

불꽃은 어둠 속에서 더욱 환하다.
어둠 속에서 울고 있는 아이들
울고 있는 아이들이 한꺼번에 다가온다.
그늘진 곳곳에서 서성이다가
아픔들이 멍울져 아스라이 멀어지며
불꽃 속에 스러져간다.

한 아이, 완벽해 보이는 환경의 꽃처럼
건장해 보이기도 했던 그는
추운 겨울, 눈이 수북이 쌓인 날
눈꽃 속에 사라졌다.

그의 장례식에 다녀온 친구가 들려준 그 말이
살아나서 내내 가슴을 찌른다.
마냥 행복해 보이기도 했던
급이 있다면, 일류에 속한 부모님
좋은 대학에 다니며 앞날이 약속되어 보였던
잘 생긴 캐네디언 청년
이해할 수 없다고, 벼락같은 일이라고

헌데, 그가 갖지 못한 소망이 무엇일까
그에게 도전했던 절망의 소리
아무도 듣지 못해서
공허한 영혼에 채워져야할 그 무엇
영혼의 소리를 들어주는, 깊이 사랑하는
단 한 사람이 있었다면, 어둠 속에서
스러지는 안타까운 일은 없었겠지

오늘 몇 해 전 꼭 이만큼의 눈이 쌓였을 때
가버린 가여운 불꽃에 눈물짓는다
나무 가지 끝 눈송이로 남아 있고 싶어서일까
그렇게 가버린 청춘의 불꽃이여

새가 되어 창에 부딪치다

땅바닥에서 신음하는 비둘기
늘어진 깃털, 가까이 온
죽음 앞에서
눈을 감고 있다

어느날, 난 새가 되어
유리창에 머리를 짓이기고
그 소리에 놀란 이마가
불그러져 솟아오른다
말간 유리창이 웃는다

고국 산천 뒤로 두고
이민길 떠난 나라
동여맨 부러진 날개
그리움 따라 하늘 날으려
안간힘이 부쳐올 때

얼굴만한 하얀 동백꽃
자지러진 흰옷 되어 펄럭인다
갈매기 울어대면
그 바닷속으로 휘말려 날아간다

갈매기 꺼억꺼억 울어대면
그 바닷속으로
휘말려 날아간다

은총의 시간이 다하기 전에

커다란 창에 걸린 연을 보며
하나님 은총을 바라봅니다
창에 비추이는 고즈넉한 햇살은
맑고 밝은 가을의 고향길
발돋움하여 가보고 싶은 곳
내 본향은 그래서 더욱 그립습니다

날지못하는 연을 보며
언제 부터인가 무엇으로
갸우뚱 고개를 저며
스스로 갇힌 감옥에
답답함이 하늘 가득 밀려옵니다

거친 바람도 타고
좌우상하로 날아야 맵시도 나고
공중에 회오리치는 재주넘기도 부려보고
그렇게 날다가
주인이 실타래에 감으면 감겨서
본향으로 가야합니다

줄 끊어진 연은
마지막 시간에
빛나는 한 영혼에 매달려도
선하심에 매달려도
은총의 시간은 거두어지고

창에 걸린 연처럼
열매 맺지못한 무화과 나무는
슬피 울며
찍혀서 불에 던져집니다

하나님 은총의 시간이 다하면
궁창에 날개 달린 연이 되어
본향으로 가리라
그리던 내 본향으로

3부

섬소리 산소리

느티나무

빈 나뭇가지에서
손 내미는 연한 순이 터지기까지
봄 기운에 땅이 흔들린다

그 옛날
알지 못했던 알러지란 병
내가 꽃망울 피우는 나무인 양
온 몸이 간지럽다

눈물 콧물 쏟으며
봄 향기 맡으러 봄으로 간다

느티나무 되고 싶어서

밴쿠버 빗속에서

노래 처럼 비가 내리는 오후
다운타운 바닷가 거닐며
바람과 가버린 시간, 걸어갈 시간
커피 향기되어 빗속에 스민다

너와 나 사는 모습 다르지만
한 가지 모을 수 있는 것은
나무 둥지되어
서로 사랑하는 일이다

록키산

록키 산 하나가 다가온다
그 웅장함에 짓눌린 가슴으로
자동차 스피드 따라 서서히 나아간다

산채만한 구름
산 위에 떠 있어
그 야릇한 어울림을
길섶의 풀꽃도
높새바람 따라 우러른다

가득 차고 넘치는 마음에
무엇 하나 담을 것 없어
아롱별 찾아 나선 나
빈 병의 휘파람처럼
마음 비워 하늘을 바라본다

오늘 록키의 맑음
모두에게 퍼져나가
산 산 산을 찾는 사람들
산맥이 되어 바람이 되어
한 마음으로 찾아온다

구름 속의 록키산

사람을 사람의 말을 따라가다
막다른 골목에 다다르면
되돌아 오는 길은 쓸쓸함이 줄지어
길섶마다 젖는 옷고름

검은 구름 몰려오는 어둠의 전주곡
구름 가장자리의 가늘게 이어진
옥색빛 하늘이 희망봉되어
록키산 검은 구름 떼지어 몰려와도
하늘 한 점 닮은 인생길 위에
청명한 오로라빛 비추시어
천상을 보이신다

섬소리 산소리

메아리와 함께
산으로 오른다
산양과 야생 짐승들이 사는
록키산 마루에서
낭랑한 한 소리 듣는다

공작새 울음 들려오는
밴쿠버 섬을 향해 뱃길에 올랐다
처절하게 우는
그 소리가 내내 심장에 꽂혀
아린 가슴되어 앉아있다

그 무거운 날개를 활짝 펴
처절한 울음소리 만드는 공작새 앞에
모여드는 사람들
사람들은 왜 아름다움에 그토록 질리는가
사람들은 왜 찬란한 무늬에 넋을 잃는가

록키산에도 밴쿠버 섬에도
낭랑한 한 소리를
지금, 석양이 삼키는 중이다

갈잎새의 노래

잎새 소린지 바람 소린지
잎새와 바람 만난 그 자리는
노래의 처음장
이른 봄에서 가을까지

봄 아지랑이 피는 냇가
잔잔한 여운이
달무리에 이어지고
가로수 따라
고독이 아픔 되어 스쳐가면

잎새들의 찬란한 노래와 춤
싱그러운 여름 향기 속에
생명의 소리 지르며
오색 갈잎되어
뿌리와 봄 이야기 나눈다

잡고 있는 마디 마다
이별은 잠시라며……
자랑스런 모습으로
새 옷 입고 춤추며 가는 길

호수가 바다 같은 호숫가에서

나무들이 키재기 하잔다
잎새마다 사이사이로
작은 구름 떠오르며

솔잎마다 다른 모양새
벗어질듯 일어난 나무껍질
가장 자리 호숫가 소나무가 뽐낸다

모진 바람 불 때
묵묵한 자태 고고한 모습
댓바람 속에 늘 푸른 기상 보여

파도 엮어 모래 날린 그날
제 나무인양 담쟁이가
나무 타고 오르는 질긴 인연에
호숫가 전설이 떠돈다

캘리포니아 죠쉬아 California Joshua

바람 따라 가더니
바람 부는 대로 가더니
'죠쉬아'
캘리포니아 '죠쉬아'로 불리운다

가지마다 부풀어 오른
수많은 곁가지들은
줄기마다 본가지인양
그리움 따라
자라고 또 자라나는
스스로 우물되어 견디는
사막의 나무

선인장 닮은 듯
네 모습 너의 가시는
가시 줄기 따라
가시 면류관 쓰신
주님 모습 그려주며

수려한 모습
고귀한 품위도 함께
‘죠쉬아’ 그 이름은
오아시스 그늘처럼
늘 간직하고 싶다

먹구름 위에
새 날이 올 때에
비치는 햇살 뜨거워
우린,‘죠쉬아’ 닮아가는
지상의 꽃이 되려나

보오갠 공원

봄 여름 가을이 공존하는 시간에
아틀란타 공원 길 걸으며
황금비단 솔잎 두루두루 깔아놓아
걸음마다 두런두런 받쳐주는 솔잎들
가을 지키려는 머문 의지 묻는다

삼십도 오르는 이제 막 접어든 사월
작열하는 태양에 밀려나는 봄
꽃망울과 연한 순 봄을 잡아매려
흔들려진 봄바람
입가에 웃음 짓는다

아직 만발한 복사꽃
무릉도원 인양
목련의 뽑내는 자태
익은 봄의 향연 벌인다

가까이 빨강새들 지저귀며
연못가 오리 두 마리
앞서거니 물장구친다

공원 산책하는 사람들
봄내 맡으며
새들과 어우러져 지저귄다

고 목

너무 깊은 물 속은
헤아릴 수 없는데
그대 마음은
오~랜 해묵은 나무처럼
무어든 안고 간다

구름 바람 따가운 햇볕
가을비 갈잎 하나 그리고 눈보라
한 여름 밤
쏟아지는 수 많은 별들이
고목 위에 지나가고

침묵으로, 모진 바람
봄되어, 한 살 나이테가 된다

남국의 오렌지

남으로 남으로 가면
향기로운 흰꽃 잔치 손짓한다

꽃 새로 향기 나르는 나비들
남미로 가는 길목 과수원에는
넘치는 오렌지 흰꽃 내음새

천리향 만리향
속삭이며 다가와
오페라 가곡 인양
'오렌지 향기 바람에 날리고'
실감하는 이국의 여름

꽃 잔치 따라서
영근 오렌지 광주리에 차고 넘친다
그 향기로운 향기와 함께

봄

나무 숲속에
피어 오르던
안개가 밀려가며
봄은 아직 이르다고
나즈막히 들려준다

기다리는 님
계절문 문지방 넘어
남문에 다다를 그 때에

봄마중 님마중
안개비에 가던 발 걸음
살포시 주저앉아
빗소리 바라보니
깨우는 봄 한 아름
꽃향기 퍼지는 발자국
꽃잎 피는 소리 따라 들려온다

밴쿠버 항구

이백 년 넘게 견디어온
스탠리 공원 안
고목의 고풍스러운 시끄러움이
나무 밑동에 담겨 우람차게 버티고

어느 봄날에 아름답다는 항구
분주한 아침 지난 청춘의 밴쿠버 항구
갈매기는 목청껏 울어대며 주변을 맴돈다

생의 갈등과 기쁨을 토해낸 시간
덧없이 보내는 구름 떼
가까이 있다고 멀리 미루는
만남 없는 만남 되풀이하며
추억을 담아 항구 저 편에 던진다

싱그러운 스탠리 공원 정기
소나기 쏟은 무지개 영롱한 풀잎 이슬
찬란한 오후의 나른함이 바닷가에 둘리어
내일을 향한 젊은 항구 등대되어 자란다

오월 그 푸르름에

기인 겨울 지나, 소리치며
푸른 우주가 다가온다
고국 산천 소식 푸르름이 넘치고
활짝 피어난 꽃들이 영상으로 흐른다

별들이 솟아올라 은하계를 채우고
어느 하나, 쌍둥이 별이라도
다른 모습으로 다른 별빛으로 비추어
쓰다듬는 달밤에 잠시
휘영청 뜨락에 내딛는 발걸음
여름날, 자막되어 달음질친다

눈부신 오월의 찬가
오동나무 꽃들이 매화인양 곁들어져
분홍잔치 잔 흥겨워질 즈음
낙화된 삼천궁녀의 한
매화꽃에 담아본다

낙엽 태우던 가을날

달무리 진 고즈넉한 가을밤
들녘 향기로운 내음새
바람에 실려오는 그윽한 정취는
흰여울 되어 흐르고 또 흐른다

내마음 낙엽되어 태우고
그을음에 취하여
지난 세월 조금씩 건지며 간다
소월의 한 줄의 시가
퍼져나가 붙박이 별처럼
그냥 그대로 살아지는데

달빛 별빛 빛나는 밤 하늘
은하수 쏟아진 하늘 가
혼심으로 빚어낸
여름 지나가며
가을 낙엽 그을은 향이
얼굴을 스친다

본향으로 가는 세월

구름 한 점 걸린 나무 끝이 좋아라
마른 가지 옆 푸른 잎 자랑스레 뻗쳐있고
구름 한 점 안고 가는 파아란 하늘은
풀밭 위에 쏟아지며
깊어가는 여름에 중추절 기다린다

단풍잎 지고 캐나다 가을 구스가 날아가면
여름날은 다 지나가 쓸쓸한 그림자 위에
가을을 쏟아내고 겨울 신호등이 켜진다

백설가루 뿌리며 지나가는 지붕 위에
앙상한 마른 가지마저도 하얗게 질려
뿌리처럼 잠들어 있다

죽음 너머 고향의 산
본향으로 가는 세월로

빗방울

비가 오려고
마디마다 일으키는 수선스러움
마디마다 쑤신다

천둥 번개 소리에
놀란 가슴
일 손을 멈춘다

장마처럼 오는
오늘 내리는 비는
열린 하늘 닫지 못해
마냥 터져 퍼붓는 작은 폭포
왼 종일 함께 가잔다

그 억센 소리에
천둥 번개 잊고
미닫이 열어 놓은 채

젖은 머리 물방울이
발등 위를 구른다

애틀란타 달빛 아래

얼마나 화안한 둥근 달인지
모습 보이며 비추어주는
말없이 보내고 웃음주는
정겨운 또래 만남

작별 인사 묻어두고
돌아보며 마음 구석구석
살뜰히 비추어 나들이 가잔다

그리움 쌓아
발돋움 만큼 커지면
벗되어 따르던 그 길목마다
가슴 퍼런 그리움 보이며

발시린 길목에 목메임 삭혀
별빛 어린 둥근달 달마중 가잔다

4부

눈물이 시냇물 같이

사랑

너무 쉽게 말해버리면
너무 빨리 말해버리면
마음에 간직했던 작은 향기
날아가 버릴것 같아서
근심어린 달빛 한 줄기
그대 발 아래 묻어 곱게 피어나라고

참사랑 1

사랑을 하면 사랑을 볼 수 있는 것
참사랑은 참진리 속에 있음에
사랑하면 사랑을 볼 수 있는 것을
깊고 넓은 사랑은
심장 수술이라도 한양
심장을 바꿔달고 사랑한다
영원을 향하여
코스모스 꽃잎 속으로 들어가 사랑한다

참사랑 2

사랑은 인색하지 않아서
온 우주 품어
나래 타고 오른다

참사랑3

나뭇잎들이 물들어간다
하늘을 받아 햇빛을 사랑하기 시작한다
뜨거움이 도드락거리며
이파리에 내려앉아 서로 사랑한다
그리고 심장이 변한다

사람의 속내

멀리 보이는 빙산 조각
보이지 않는 그것이
어찌 바닷속 뿐이랴
사람의 속내 보일까 말까

남의 흠집 즐겨 휘젓고 다니는 요즈음
불의에 울고 있는 영혼들이 있어
아직은 노을빛이 아름답네

서정시

빛을 모아 작은 꽃을 피워가던
서정시를 좋아한 어느 사업가
여러 여인 울리고 갔네
달빛만이 그윽한 곳으로

하나 점찍어 살던 여인마져
영문을 모르는 일
말없이 바람처럼
가버린 서정시인

생에 의문을 남긴 채로

시인은

'시인은 시로 말해야지요'
언젠가 시 낭송 하던 시인의 말이다

새벽 미명의 소리에 깨어
아침을 시작하는 시인들

낮엔 햇살 아래 드러나는 자연과 동화되어
돌돌 구르는 냇물과 얘기하며
수 없이 싯구를 흘려 보낸다

달 뜨는 밤이면
밤 그늘 따라 달 사냥도 하고
별 빛 속에 비치는
은하수 따라 우주를 낚는데

천상의 서곡이 울려퍼진다

그리고
'시인은 시로 말해야지요' 하던
시인의 목소리 다시 듣는다

넘치는 강

흘러가지 못하면 넘치는 것을
불길로 타버린 뜨겁던 청춘도
가버린 지금
가시 풀꽃 이파리에도
열 일곱살 사랑이
수 놓아져
눈의 찬가 부르며
멀다않고 가던 길

이제는
산 너머, 넘치던 물
고이 담아내
한 줄의 시를 씁니다

먼 길 떠난 제자

아침 부터 비바람
끝내 눈보라로 바뀐
연초의 험한 겨울날

떠나간 스물 네살의 나이
바이올린 배우던 제자
딸이 울먹이며 전한다

리사이틀 때 미소지으며
인사하던 모습이 생각난다
그 옆에서 행복한 웃음짓던 어머니

혈우병 앓고 있던
제자의 소식에
다니엘 feast단식하며
종일 마음 아파하는 딸의 얼굴에
주님의 향기가 넘친다

거친 눈보라 눈꽃이 핀다

숲 속의 잔바람

바람이 닿은 만큼만 만나지는
나뭇잎 잔물결은 은구슬처럼
숲 속의 교향곡
파도치는 물결로 다가온다

아름다움과 선함과 진실함은
온 맘 다하여 정성 모은
생의 보석함과도 같은

숲 속의 비밀은
빙산 처럼 가려져
젊은 날의 초상도 삼켜버린다

못다한 사랑이 지나간다
숲 속의 잔바람 흘리며……

처음 꽃피운 나무처럼

찬 서리 모진 서리 긴 겨울 지나
푸르름 잔치 위한 스치는 봄날에
아지랑이 아지랑거리며
세상 나들이 나서면

캐나다 중서부
알버타주 에드몬톤
시원스레 넓게 퍼진 길

처음 꽃피운 나무처럼
화안한 자태 머리에 이고
길 따라 십여 년 살아온 세월
아끼려던 봄날도 빼앗아
쓸쓸한 이마 쓸어가며
오두막 길 먼 발치에 놓는다

사랑의 사람

바람에 실려 온 마음 보다
먼 길 돌아온 그 길이
앞서 보입니다

발목 빠진 늪
험준한 길목 지나
참으로 먼 길 떠날 때
아파하며 눈물 주는
내 사랑의 사람들

보듬어 안고 가는 길
좋은 계절 허락하소서

사랑초

하늘 위 구름 한 점
사랑 찾아 나선 발길
불길 같이 뜨거운
가뭄이 삼켜도
굽히지 않는 사랑

여린 풀밭의 사슴들
향기롭게 뛰노는
마음판에 새긴 길고 질긴
연모의 정情

사랑초 머금고
목마름에 타들어 가는
영혼까지도 적시는
깊은 산 샘물

브런치

아내가 부엌에 있다
아침 점심 만드는
분주한 움직임

손님이 외친다
써니 사이드 업
오버 이지
스크램블 에그
미디움 웰던
이런 소리가 매일 귓속에 맴돈다

베이컨 감자 달걀이
점심을 물고
아침을 날린다

한 밤중 프리 쿠킹하여
오십 명 아침 만드는
아내의 손길이 바쁘다

후라이팬의 베이컨 더덕
씻어도 지워지지 않는
화인 맞은 얼굴처럼
뜨거운 불자욱

긴 하루가 지나도
또 다른 손님
그리고 하루가 간다

현대인

밤을 낮처럼 살아가는
문명 속에서
삶의 지혜
내동댕이쳐진 채로
자연을 외면하고
밤과 낮 구별도 없이
사는 현대인

여름날 저녁

가랑비 오는 땅거미 지려는 저녁
서산 넘는 둥근 해가
나뭇가지 사이로 반짝 빛난다

발광의 빛
잔디가 황홀한 눈빛 되어
넘어가는 해 잡아보는데

여름날 해 저무는 쓸쓸함은
가랑비와 어우러져
몸살기를 한층 더 풀어 놓는다

눈물

눈 물과 눈물이

다르지만

모두 녹아

깊숙이 스며든다

눈물이 시냇물 같이

사랑하여
눈물이 시냇물 같이 흐른다

어느 봄날
아이들 달려와 품에 안길 때
아가 눈 닮은 눈동자 들여다 볼 때

어느 가을날
즐겨 만나던 친구 소식주며 떠날 때
삼십년 기억을 찾아주는 제자가 달려와 줄 때

그리고
아버지 품 그리워 향수에 젖을 때

이런 사랑들이 모여 강물이 된다

〈해바라기〉, 〈풀잎소리〉 가곡과 영시

해바라기

둥근 해 속삭이는 밀어에
온 너의 생애를 걸고
귀 기울인다

따뜻한 입김으로
무던히 자란 너는
활짝 웃음을 머금고
얼굴을 든다

어느날
쏟아지는 뜨거운 시선에
네 얼굴은
가맣게 타버리며
숙인 고개에
둥근해도 무색해져
가을의 뒤안길로
가만히 숨어버린다

The Sunflower

On the whispers of the sun
You depend on your life
And listen

Having grown up fairly
With the warm breath of love
You lift your head with a bright smile

One day
In the pouring hot sunray
Getting darkened
You lower your face
Even the sun feeling sorry
Goes down quietly
Behind the road of Autumn

해바라기

조 용옥 시 김 영식 곡

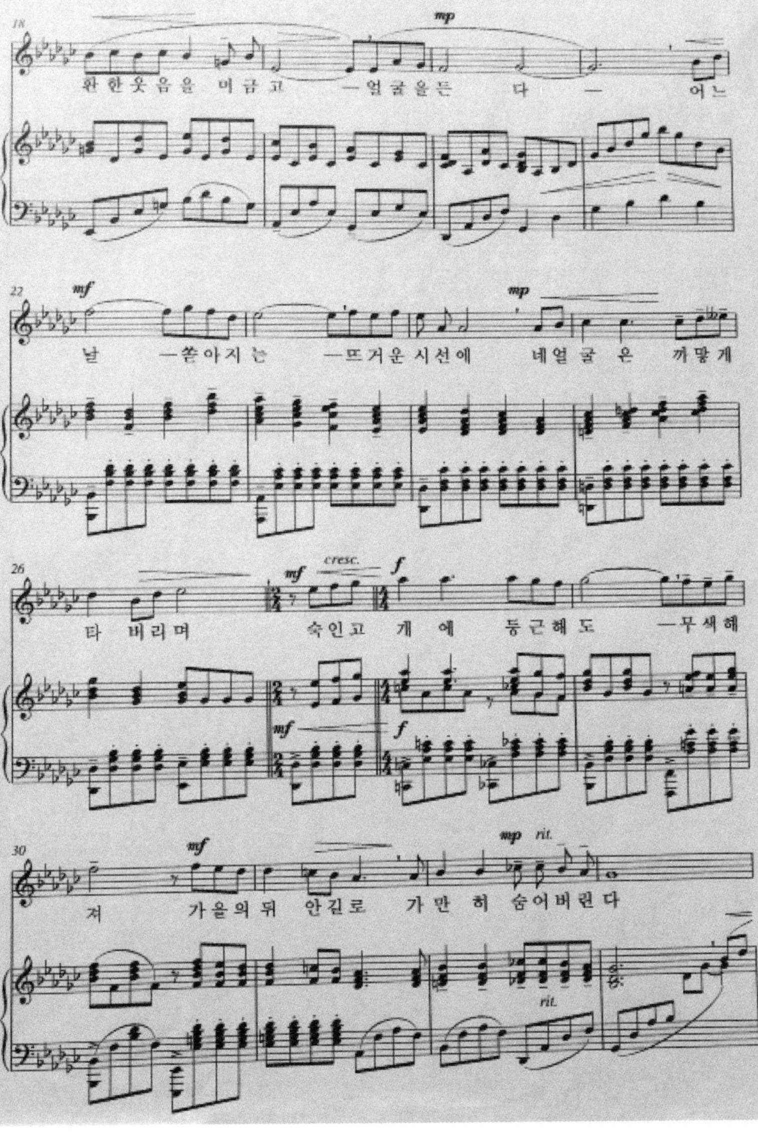
18
mp
환한웃음을 미금고 —얼굴을든 다 — 어느
22
mf
mp
날 —쏟아지는 —뜨거운시선에 네얼굴 은 까맣게
26
mf
cresc.
f
타 버리며 숙인고 개 에 둥근해도 —무섀해
30
mf
mp rit.
저 가을의뒤 안길로 가만 히 숨어버린다
rit.

풀잎 소리

새벽 이슬 내린 잔디 위의 발걸음
그 푹신한 평안의 감촉은
어느 두꺼운 카펫과도 비교할 수 없는
창조주와 동행하는 발걸음에
높은 곳을 향한 영혼의 발돋움이라

내리시는 은혜의 단비
겸손히 무릎 꿇는 마음 비운 영혼에
깊이 깊이 스며들어

늘 마르지 않는 풀잎으로 남아
겨울되어 한파 속 모진 날에도
새 순 돋아나는 봄 기다리는

한 가닥 풀잎인 나는
하나님 은총에 경배 드리며
장성하여 눕는 그 날까지
청아한 풀잎 소리 내며
하나님 바라며 바라보리라

The Sound of Green Grass

Stepping on the morning dew
The soft feeling is so peaceful that
It can't be compared to any fair carpet
Accompanying steps with the Creator is
The footstool for the spirit toward heaven

The sweet rain of His blessing
Permeates deeply into the spirit of
My humble and emptied mind

Remaining to be an ever green grass
Even in the harsh cold winter
It waits for the Spring to sprout

I, as a blade of grass
Worship God's grace
Until the day my life ends
Making a fresh sound of green grass
Looking up to God and giving my praise

〈해바라기〉 조용옥 작시 김영식 작곡

김영식 (재독 작곡가)

* 서울음대 성악과, 독일 베를린 음대(Hdk)성악과 졸업
* 지구촌 네트워크 한국인 출연 (KBS 1 TV)
* 우리 시대의 작곡가 20인 선정. (한국방송통신대 TV)
* 詩 〈해바라기〉 〈고목〉 〈풀잎 소리〉 〈갈잎새의 노래〉에
  곡을 붙여 4개의 가곡으로 지음

서 평

허형만 시인

이민, 아픔의 삶과 절절한 신앙심

- 조용옥 시인의 시세계

말들이 살아서
머리에서 가슴으로
스며드는 꽃향기

-「시詩」

조용옥 시인은 지금 고국을 떠나 캐나다에서 살고 있다. 이민자들의 심정이 다 같겠지만 특히 감수성이 뛰어난 조용옥 시인처럼 시를 업으로 하는 경우, 타국에서 보고 듣고 생각하는 모든 게 남다를 것은 자명할 터이다. 시인의 언어는 위에 예를 든 작품, 「시詩」처럼 "꽃향기"이다. 가만히 생각해보면 이민자의 아픔과 애환이 '시'가 없다면 어찌 견딜 수 있을까 싶다. 조용옥 시인의 시들을 읽고 있노라면, 자크 마리탱과 마르셀 드 코르트의 명제들 중 "시적 '인식'은 오직 시적 '경험'에 의해서, 시적 경험 속에서만 얻어진다는 명제가 절실하게 가슴에 와 닿는다. 그렇다. 시에 있어서 창조의 '경험'을 수반하는 시적 인식은 시인에게 필수불가결한 것임과 동시에 시를 시답게 만드는 원천이기도 하다. 이 점에서 우리는 조용옥 시인의 시가 품고 있는 존재가치를 재평가할 필요가 있다.

오월 말 마지막 날이 되어야
안심하고 씨 뿌리는
알버타의 봄은
강 건너 불 보듯 무심히 지나간다

눈발 속에서
서리 속에서
봄인 양 나팔 불어대는
이 땅에 후다닥
찾아오는 유월의 여름

봄은 차분히 앉아 쉴 새도 없다

-「씨 뿌리는 계절」 전문

2015년 7월 6일자 〈뉴시스〉는 김정산 강원도 행정부지사와 강원도 대표단이 7월 2일 캐나다 알버타 주정부를 방문하여 레이첼 노틀리 주 수상과 자매결연 40주년을 기념하는 의정서에 서명하고 향후 협력 확대를 약속했다는 소식을 전했다. 이 시는 알버타의 봄이 얼마나 더디게 오는가를 보여준다. 캐나다 로키산맥을 품고 있는 알버타(Alberta). 알버타는 지구에서 가장 아름다운 곳 중의 한 곳이라고 하는데, 봄은 "오월 마지막 날이 되어야/안심하고 씨"를 뿌릴 수 있을 만큼 더디 오나 보다. 그만큼 겨울이 길다는 의미도 될 터이지만, 한편으로는 또 매우 짧은 기간의 봄에 대한 아쉬움도 내포되어 있는 것으로 보인다.

왜냐하면 "강 건너 불 보듯 무심히" 지나가기 때문이며, 아직 겨울의 흔적이 남아 있는 "눈발 속에서/서리 속에서" "후다닥" "유월의 여름"이 찾아오기 때문이다. 이러한 알버타의 계절의 변화보다는 사실 우리가 이 시에서 주목하는 구절은 마지막 연의 "봄은 차분히 앉아 쉴 새도 없다"에 있다. 물론 겉으로는 짧은 기간의 봄을 의인화한 것이지만, 사실 곰곰이 들여다보면 이민자의 삶과 마음들이 함께 녹아들어 있는 것으로도 읽히기 때문이다.

*

아픈 곳은 잘 보이지 않는다 더구나 웃음으로 포장되었을 때에는 마음 담아 만져보는 손에서 살아온 인생이 보이는데 거친 손에서 험한 일하는 모습이 더욱 따뜻하게 살아나는 손과 손의 부딪힘 더구나 해 돋는 아픔이 숨어있다 한들 보일까보냐 그리고 아무 말 없이 록키의 해지는 곳을 찾아 밤마다 헤매어도 보이지 않는 그 해 지는 곳을 두고 얼마나 멀리 왔는지 한숨지며 다친 손 싸매어줄 이 없는 바다의 긴 능선 타고 어디까지 왔는지 끝이 보이지 않아서 길이 보이지 않아서 지는 해 안고 저물어간다 영혼의 눈 비둘기 오묘한 보랏빛 깃털의 바다 같은 응시로 깊어간다

-「해 돋는 곳」 전문

이민자로서 조용옥 시인의 삶에 대한 명상이 잘 드러난 작품이다. 통상적으로 사람들은 해 지는 곳과 해 돋는 곳을 구별한다. 물론 해가 돋는 곳은 동쪽이고 해 지는 곳은 서쪽이기 때문이다. 그러나 이민자의 눈에는, 아니 마음 깊은 곳에는 해 지는 곳과 해 돋는 곳이 같은 곳이라고 시인은 성찰한다.

왜 그럴까. 조용옥 시인이 이민자로서 삶을 살면서 성찰한 바에 의하면 "해 돋는 아픔"이 숨어 있기 때문에 그 아픔이 보이지 않는다는 것이다. 동시에 "해 지는 곳" 또한 그곳을 찾아 "밤마다 헤매어도" 보이지 않기는 매일반이다. 여기에서 우리가 곰곰이 생각해볼 필요가 있는 명제는 "아픈 곳은 잘 보이지 않는다"는 명제이다. 이 명제를 풀기 위해 시인은 "거친 손에서 험하게 일하는 모습"과 "다친 손 싸매어줄 이 없는" 이민자의 현실을 제시하고 있다.
오죽하면 "해 돋는 아픔이 숨어있다 한들 보일까보냐"고, 동시에 "해지는 곳을 찾아 밤마다 헤매어도 보이지 않는 그 해지는 곳" 또한 "바닥의 긴 능선 타고 어디까지 왔는지 끝이 보이지 않아서 길이 보이지 않아서 지는 해 안고 저물어간다"고 탄식하고 있을까. 내가 '탄식'이라고 말하고 있지만 사실은 이민자들 모두의 '아픔'이 아니겠는가. 그렇다. 이 '아픔'은 "피도 흐르지 않는데/아파도 만져지지 않는 마음/동이려고 애쓰는 만큼/어둠이 내려 앉아/스러지는 안개"(「마음을 동이다」)와도 같은 것이다. 이 아픔이 다음 시에서는 매우 구체적이고 현실적으로 나타난다.

*

이민 스무 해가 채 안되던 어느 날
열중하던 생업 잠시 내려놓고
제일 큰 광고란을 찾아
앓던 이 뽑으려고 찾은 치과

어렵고 힘들게 시간 내어 찾아간
그 치과는 광고의 치과 의사가 아닌
치과의사를 가장한 기공사였다

수십 년 치과대학원장 친척 밑에서
보호 받던 고국에서의 안락함을
누가 질투라도 하고 있었는지
기공사의 작태는 가관이었다

X레이도 없이 대강
뽑아버린 생니
어금니 뽑히던 그날
하늘이 번개 속에 묻히고
뿌리 뽑히는 아픔이
이민자의 아련한 서러움처럼
바람에 서걱거린다

-「생니 뽑히던 날」 전문

조용옥 시인의 진솔한 이 현실 상황의 고백에서 우리는 "이민자의 아련한 서러움"을 공감한다. "이민 스무 해가 채 안된 어느 날" 앓던 이를 뽑기 위해 그래도 신뢰해도 되겠다는 "제일 큰 광고란"을 보고 찾아간 치과의 광고는 과장광고였고, 정작 의사란 작자는 "치과 의사를 가장한 기공사"였다는 것인데, 이처럼 "기공사의 작태는 가관이었다"고 분개할 정도로 이민자들을 괴롭히는 일이 어디 한 두 번이겠는가를 짐작하기는 어렵지 않을 것 같다. 당연히 X레이를 찍고 앓던 이를 찾아 그 이를 뽑아야 함에도 어금니 생니를 뽑아버린, 그나마도 "하늘이 번개 속에 묻히고"라는 표현을 보면 아마 마취도 않은 모양이니,

이 돌팔이 의사, 곧 "기공사"와 같은 인물이 얼마나 많은 이민자들을 서럽게 하고 있을까를 생각하면 우리는 조용옥 시인의 이민자로서의 '아픔'과 "가랑비와 어우러져/몸살기를 한층 더 풀어놓는""여름날 해 저무는 쓸쓸함"(「여름날 저녁」)을 충분히 이해할 수 있을 것 같다.

*

일찍 일어나고 늦게 잔다
하루가 길어진다는 기쁨에

해가 중천에 뜨도록 앓아눕는
한 두 번의 연중행사가
어김없이 찾아왔다

몸의 기관 하나하나가
따로 따로 살아서 소리 내는 게
쉼 없는 노동에 대한 반란이다
머리에서 빈 소리가 난다

존재의 의미를 인식하는
거룩한 순간이기도 한데
목에는 목도리 칭칭 감고
머리는 질끈 동여매고
이불 속에 파묻혀
제대로 한번 몸살을 앓는다

무더운 여름 보내며
싸매주지 못한
마디마디가 쑤신다
살아있는 거룩함이
온 신경에 퍼진다

-「새벽을 앓다」 전문

이민 생활에서 가장 고통스러운 것은 뭐니 뭐니 해도 몸 아픈 것일 게다. 앞의 시 「생니 뽑히던 날」에서처럼 앓던 이 하나도 괴롭히는 몸인데 하물며 "해가 중천에 뜨도록 앓아" 누워있다면 그 고통이야 오죽하겠는가. 조용옥 시인에게 있어 실제 이민 생활에서의 아픔을 상징적으로 보여주는 대목이 있다. 곧 "몸의 기관 하나하나가/따로 따로 살아서 소리 내는 게/쉼 없는 노동에 대한 반란이다/머리에서 빈 소리가 난다"이다. "쉼 없는 노동에 대한 반란"이란 말이 왜 그리도 가슴에 저미는 것일까. 머나 먼 이국땅으로 이민 가서 사는 분들은 저마다 살기 위해 어떠한 일이든 닥치는 대로 하지 않으면 안 되었으리라. 그 노동의 대가로 오늘날 한국인으로서의 긍지와 국위선양이 이루어졌으리라. 그러나 한편으로는 그 "노동에 대한 반란"으로 인해 "목에는 목도리 칭칭 감고/머리는 질끈 동여매고/이불 속에 파묻혀/제대로 한번 몸살을 앓는" 결과를 가져왔을 때, 이국에서의 서러움은 또 어찌 말로 표현할 수 있을까. 그럼에도 불구하고 우리가 조용옥 시인의 시를 좋아할 수밖에 없는 것은 "비가 오려고/마디마다 일으키는 수선스러움/마디마디 쑤시"(「빗방울」)는 이 고통을 "살아있는 거룩함"으로 승화시키는데 있다.
몸의 아픔, 이민자의 고통을 승화시킬 수 있는 시정신이야말로 우리가 바라는 시인의 자세가 아니겠는가. 다음 시는 이 아픔을 겪어보지 않은 자는 느끼지 못할 정신적 고뇌를 잘 보여주고 있다.

*

땅바닥에서 신음하는 비둘기
늘어진 깃털, 가까이 온
죽음 앞에서
눈을 감고 있다

어느 날, 난 새가 되어
유리창에 머리를 짓이기고
그 소리에 놀란 이마가
불그러져 솟아오른다
말간 유리창이 웃는다

고국산천 뒤로 두고
이민길 떠난 나라
동여맨 부러진 날개
그리움 따라 하늘 날으려
안간힘이 부쳤을 때

얼굴만한 하얀 동백꽃
자지러진 흰옷 되어 펄럭인다
갈매기 울어대면
그 바다 속으로 휘말려 날아간다

갈매기 꺼억꺼억 울어대면
그 바다 속으로
휘말려 날아간다

-「새가 되어 창에 부딪치다」 전문

조용옥 시인은 "고국산천 뒤로 하고/이민길 떠난 나라"인 "캐나다 중서부/알버타주 에드몬톤/시원스레 넓게 퍼진 길/(...)/길 따라 십여 년 살아온 세월"(「처음 꽃피운 나무처럼」)을 "현실이 주는 아픔에 삶을 포기하고픈 여린말의 유혹에 슬픈 타인이 되어 붙박이별처럼 영영 멈추고 싶은 때가 있었다"(「타인 되어 오는 나」)고 고백한다. 시인 자신이 '타인'이 된다는 것은 이 시에서처럼 새가 되어 창에 부딪치는 일만큼 괴로운 일일 터이기도 하리라."땅바닥에서 신음하는 비둘기"와 시인의 삶이 하나로 동화되었을 때의 마음을 누가 알까. 어느 날 시인은 유리창에 이마를 부딪쳤다. 마치 비둘기가 "죽음 앞에서/눈을 감고" 있듯 그렇게 아픔은 절실했다. 또한 "갈매기 꺼억꺼억 울어대면/그 바다 속으로/휘말려 날아"갈 것 같은 현실에서의 삶의 아픔은 "그리움 따라 하늘 날으려/안간힘"으로 버틴다. 이럴 때, 그러니까 이처럼 이민생활 속에서 삶의 아픔이 잦을 때면 시인에게 찾아오는 것은 '그리움'이다.

*

고향 두고 떠난 길 어느덧 삼십 년을 넘어서 벤쿠버 골목길 돌아 에드몬톤 십여 년 헤아림도 되지 않는 삶 개나리 피던 봄날마다 고향 그리는 마음으로 빗방울 맞으며 걷는다 동네 골목마다 공원 길가에 흐드러지게 핀 고향 벚꽃 향연 새김질하며 나이 한 살 가는 것 실감조차 인색했던 젊은 날의 실존 오늘은 추운 에드몬톤 흰 눈이 정다워 오-랜 친구마냥 푸근함 하얗게 자라나고 깊은 산속 해 묵은 소나무 등 뒤로 하고 뒷모습 가리워질 때까지 배웅해주는 정다운 사람 북적대는 내 고향 눈꽃 속에 파랑새 되어본다

-「향수」 전문

조용옥 시인이 고향을 두고 떠난 이민 생활은 "어느덧 삼십 년을 넘어"섰다고 말한다. 그동안에 얼마나 고향이 그리웠으면 "개나리 피던 봄날마다 고향 그리는 마음으로 빗방울 맞으며" 걸었고, "흰 눈"이 내리는 겨울이면 겨울 대로 "정다운 사람 북적대는 내 고향 눈꽃 속에 파랑새"가 되기도 한다. 조용옥 시인의 고향, 유년은 '개여울에 맨발로 철벅거리며 놀던/(...)/꽃잎 따며 놀던"(「삼청동三淸洞」) 삼청동이다. 삼청동이란 이름은 시인이 소개한 것처럼 "물 맑고 공기 맑고 마음 맑은 동네"라고 해서 붙여진 이름인데, 시인은 이곳이 고향인 것이다. 이민 생활은 이처럼 고향과 유년 시절이 그리운 법이다. 그래서 한국에 나갈 기회가 되었을 때 시인은 고향을 찾기도 했다. 그리하여 "보고싶은 어릴 적 추억/닳아 헤진 바지 무릎처럼/고향집 그 집터에서/가시나무 타는 그을음/그 소리 다시"(「고향 길」)듣기도 했다.

그러나 누가 뭐라고 해도 고향에 대한 그리움은 부모님 생각으로 시작하고 부모님 그리움으로 끝나는 법. "딸의 이름이 생각나지 않아/애써 안타까운 웃음 지으신 그날/가을 하늘이 유난히 해맑아/잃어버린 조각난 기억들 흘려보낸"(「어머니 늘 살아계십니다」) 어머니가 "늘 그리운 이름으로 남아"(「어머니」) 있는 것은 당연하다 할 터이다. 물론 "아버지 그리워 향수에 젖을 때'(「눈물이 시냇물 같이」)도 이민 생활에서 빼놓을 수 없는 향수 중 하나임이 분명하다. 그렇다고 마냥 향수에 젖기만 하는 것은 물론 아니다. 대부분의 이민자들이 그렇듯 조용옥 시인도 신앙에 삶을 맡긴다. 이 길이 곧 그리움과 향수로 인한 마음을 치유하고 위로 받을 수 있기 때문이리라.

*

새벽이슬 내린 잔디 위의 발걸음
그 푹신한 평안의 감촉은
어느 두꺼운 카펫과도 비교할 수 없는
창조주와 동행하는 발걸음에
높은 곳을 향한 영혼의 발돋움이라

내리시는 은혜의 단비
겸손히 무릎 꿇는 마음 비운 영혼에
깊이깊이 스며들어

늘 마르지 않는 풀잎으로 남아
겨울 되어 한파 속 모진 날에도
새 순 돋아나는 봄 기다리는

한 가닥 풀잎인 나는
하나님 은총에 경배 드리며
장성하여 눕는 그날까지
청아한 풀잎 소리 내며
하나님 바라며 바라보리라

-「풀잎 소리」 전문

이 시는 한 편의 간증 시이다. 조용옥 시인은 스스로를 "한 가닥 풀잎"이라고 말한다. 가장 나약하면서도 한편으로는 가장 강인한 풀잎. 6천 5백만 년 전 공룡은 멸종되었으나 풀은 햇빛의 찌꺼기를 먹으며 살아남았다. 공룡이 뜯어 먹은 풀이 오늘날 풀의 조상이라는 과학적 논리는 우리로 하여금 삶의 명상을 깊게 해준다. 시인은 "어느 두꺼운 카펫과도 비교할 수 없는" "새벽이슬 내린 잔디 위"를 걸으면서 "창조주와 동행하는 발걸음에/높은 곳을 향한 영혼의 발돋움"이라고 묵상한다. "높은 곳"은 어디인가. 조용옥 시인은 이곳이 곧 "본향"이라고 한다. "주인이 실타래에 감으면 감겨서/본향으로 가야합니다/(...)/하나님 은총의 시간이 다하면/궁창에 날개 달린 연이 되어/본향으로 가리라/그리던 내 본향으로"(「은총의 시간이 다하기 전에」)의 본향, "참 평안과 참 진리가 숨어있는/깊이깊이 묻혀 보이지 않는 뿌리를/땅 위에 캐내어, 온 생을 걸고/진리 찾은 본향의 길/높다 않고 걸어가리"(「세상에 여원한 것」)의 본향, 신앙은 바로 이런 것이다. 비록 한 가닥 풀잎이지만, "하나님 은총에 경배드리며/장성하여 눕는 그날까지/청아한 풀잎 소리 내며/하나님 바라며 바라보리라"는 다짐의 신앙심이 있기에 조용옥 시인의 이민 생활은 결코 아프지 않을 것임을 우리는 안다. 그렇다. 지금까지 우리가 살펴 본 조용옥 시인의 시는 결국 '사랑'으로 귀속되는 것이니, 다음과 같은 시가 그걸 증명한다. 앞으로도 이번 시집을 통해 더욱 고국의 시인, 본향의 시인으로 왕성하게 활동해주기를 기도한다.

*

사랑은 인색하지 않아서
온 우주 품어
나래 타고 오른다

-「참사랑 2」 전문

허형만 (시인. 목포대 명예교수)

씨 뿌리는 계절

조용옥 시집

초판 발행 _ 2015년
지은이 _ 조용옥

펴낸이 _ 노승택
펴낸곳 _ 도서출판 다트앤
편집주간 _ 안혜숙
편집/표지 디자인 _ 전가희

등록번호 _ 제 22- 1421호

주소 _ 서울시 영등포구 선유로 274 (양평동 4가)
전화 _ 02- 582-3696
팩스 _ 02- 3672-1944

값 10,000원
ISBN - 978-89-6070-594-4 (03810)